KB270420

세상을 핑계로

박장호 시집

도서출판 작가마을

세상을 핑계로

초판인쇄 | 2009년 5월 6일　**초판발행** | 2009년 5월 15일　**지은이** | 박장호
펴낸이 | 배재경　**펴낸곳** | 도서출판 **작가마을**　**인쇄** | 대흥인쇄사　**제본** | 광명제책사
등록 | 2002년 8월 29일(제 02-01-329호)
주소 | (121-841)서울시 마포구 서교동 448-38 한일B/D 302호　T.(02)333-2598　F.(02)333-1849
　　　부산사무실 /(600-012)부산시 중구 중앙동 2가 24-3 남경B/D 303호
　　　T.(051)248-4145, 2598　F.(051)248-0723　　전자우편 / seepoet@hanmail.net

ⓒ 2009. 박장호　　ISBN 978-89-90438-52-2　03810
정 가 / 8,000원

※ 잘못된 책은 구입 서점에서 교환됩니다.

세상을 핑계로

박장호 시집

무더운 여름 어느 날 두메 산골에 태어나, 십여 년 동안 물과 나무와 꽃 그리고 바람과 햇살 속에서 뒹굴며 자랐다.

그땐 아무것도 몰랐다. 은혜인지 섭리인지, 세상이 얼마나 넓은지, 이 땅에 얼마나 많은 사람이 살아가고 있는지 몰랐다. 어릴 땐 하얀 목화 밭 고랑 사이에서 엄마 젖을 빨았고, 자라선 장대 같은 삼밭 사이에서 뛰놀았다.

산골에서 막둥이로 태어나 일찍 아버지를 여의고 넓은 바다로 나와 형님들의 도움으로 헤엄치는 법을 배웠다. 형제의 연으로 치열한 비즈니스의 세계에 몸을 담아 삼십 년 가까이 그 길을 가고 있다.

힘들 땐 풀과 나무와 꽃이 그리웠고, 사람 냄새 나는 사람이 그리웠다. 한참을 달리다 지금 어디로 가고 있는지, 그 끝은 어딘지 자문하며 밤을 지새다 하나님을 만나게 되었다.

살아간다는 것은 만남이란 씨줄과 날줄로 짜여진 피륙 같은 것이었고, 그것을 하루하루 소중하게 다듬어 가는 것이란 것을 어느 날 깨닫게 되었다. 그리고 그 씨줄과 날줄을 가꾸어 가는 것은 다름

아닌 소통임을 알게 되었다.

만남과 원활한 소통 그것은 행복의 근원! 그 대상은 바로 자연과 사람과 하나님.

이 필연적 어울림 속에서 아름다운 소통을 위해 애태우며 씨름하다 보니 여기까지 와 있었다.

때론 감격해서 때론 아쉬워서 독백해본 것이 이 보잘 것없는 글이 된 것임을 고백한다. 이 숙제는 앞으로도 계속 될 것이고, 오로지 하루하루 진지하게 가꾸어 가야 될 것 같다.

여기까지 보살펴 주고 함께 해 준 하나님, 그리고 형제, 가족, 이웃 그리고 자연에 감사를 드린다. 또한 이 글이 이렇게 정리되어 세상에 내 놓을 수 있게 도와 주신 존경하는 조달곤 은사님, 발문을 주신 김용택 시인, 이남호 형, 김복만 작가, 이현주 사원, 작가마을에 진 빚은 남은 세월 갚아 보도록 애써 보련다.

또한 세정 가족 모두에게 특별히 감사를 드린다.

2009년 금정산 자락에서

박장호 시집 『세상을 핑계로』

이 남 호 / 문학평론가

이 시집은, 외우 박장호 형의 "마음의 사진첩"이다. 여기에는 삶의 굽이에서 스스로를 조용히 응시한 마음들이 선명하게 기록되어 있다. "밤에 홀로 봄비의 속삭임을 듣는" 마음도 있고, "이국땅 아들을 그리는" 마음도 있고, "내가 왜 진흙탕에 빠져 허우적 거리나"라는 우울한 마음도 있고, "백두산에 올라" 뿌듯한 마음도 있고, "사라진 벚꽃을 그리워하"는 마음도 있다. 그 마음들은 세상의 아픔을 쓰다듬고, 세상의 아름다움에 행복해하고, 세상의 우여곡절을 여유로 포용하고, 보

통 사람들이 잊고 사는 삶의 한 공간을 그윽하게
채우는 그런 마음이다. 그래서 이 시집은, 삶의 아
름다운 순간들을 모은 사진첩보다 더 깊은 아름다
움을 보여주는 "마음의 사진첩"이 된다. 아수라장
같은 나날의 삶 속에서도 이렇듯 맑은 정신으로 자
신의 마음을 쳐다보고 또 기록해서 사진첩으로 남
길 수 있다는 것은 소중한 일이다. 박장호 형은
"정작 귀한 것은" "바람, 햇살, 사랑 그리고 하나
님"이라고 했지만, 그 귀한 것의 목록 속에 이 시
집에 기록된 마음도 들어 갈 수 있을 것 같다.

Contents

세상을 핑계로
박장호 시집

제2부_**자연**, 그 위대한 향연

Contents

제3부_**세월** 속에서

제6부_ **백두산에 올라**

1. 어우러져 살아가네

만남 / 세상을 핑계로 / 그리움의 향기 / 마음이 가난할 때면
사람 사이 / 말 / 사람 냄새 / 독감 / 피렌체 거리
이 맘 / 용정에서 / 오십에 듣는다 / 세상은 아름답다

만남

사람을 만날 때마다
그 만남이 한 편의 시였으면 좋겠다
모든 만남이 그러했으면

삶은
만남과 만남
헤어짐
그리고 그리움 그리움

눈으로 서로 바라봄이 무언의
시였으면
헤어짐이 여운의 시로 남았으면

그리움이 한 편의 시였으면
좋겠다

세상을 핑계로

세상을 핑계로
사랑하는 아내와 함께 해야 할 시간
세상살이에 빠져 지냈네

세상을 핑계로
이웃의 아픔에 눈감고
내 소견에 좋을 대로 그렇게 살아왔네

세상을 핑계로
철 따라 곳마다 펼쳐지는 만상의 잔치를
장님마냥 그렇게 살아왔네

세상을 핑계로
광야에서 헤매는 고사이
아들은 불쑥 커 내 곁을 떠나 갔네

세상을 핑계로
그렇게 그렇게 살아가다

어느 날 고개를 들어보니
해는 저만치 기울고 있었네

그리움의 향기

마음이 가난할 땐
떠나간 그 사람이
그리워진다

들녘이 노랗게 물들어
물결 칠 때면
그 사람이 그리워진다

가을 바람에
억새풀 한들거릴 때

사람 냄새가 나는
그 사람이 그리워진다

이 가을
마른 풀잎 냄새 나는
들녘에 서면
그리운 사람이 그리워진다

마음이 가난할 때면

마음이 가난할 때면
홀로 떠나라
홀로 떠나 바람처럼 떠돌다 길을 잃어도 좋으리

마음이 가난할 때면
진실로 기뻐하라
순간을 오롯이 즐겨라
그 순간마저 일상에 빼앗긴다면
후회하리

삶이란 그런 순간을 위해
존재하는 것인지도 모르는 것이니

사람 사이

세상사
기쁨도
사람에게서 오고
절망도
사람에게서 오나니

사람에게서 받은 절망과 상처에
비길 것이 또 어디 있다던가
사람에게서 받은 희열에 비길 것이
또 어디에 있을까

사람 사이
버릴 수도 떠날 수도 없으니
오롯이 잘 가꾸어 갈 수밖에

말

한 치도 안 되는
그 놈의 혀에서 살인 당한
시체가 매일 쌓이고 또 쌓이네

그 놈의 혀는
사람에게 희망도 주지만
때론 살인도 주저 없이 해대네

그 놈이 저지른 살인죄는
법망조차 쉬이 피해 달아나네

이 땅에
전쟁으로
수많은 사람이 죽어가지만
이 혀란 놈에 죽어가는 사람에
비할 바 아니네

그 놈에 죽어가는 시체
쌓이고 또 쌓여서 악취를 풍기네

내 이 땅 살아온 세월 얼마이며
더 살아갈 날 얼마인지
혼자 되뇌어 보네

사람 냄새

해지는 저녁
은행나무 가로수에 빗방울 흩날리네

천만이 사는 서울인데
외로움에 사무치네

사람 냄새 그리워
휴대폰 전화부와 씨름하나
손 가는 이 하나 없네

내 이 땅 살아온 세월 얼마이며
더 살아갈 날 얼마인지
혼자 되뇌어 보네

독감

본래 사람은 태어날 때
알맞은 기운을 받아 오는 법

세상 허튼 곳에 독하게 매달리다
그 기운 소진되어 오는 것

상기도의 반란

피렌체 거리

꽃의 성당 피렌체 두우모 거리
달빛 속 가로등이 하나 둘 일어나면

중세에서 오늘까지
애환과 자유와 낭만을
간직한 대리석 보도 블럭은 불빛에 반짝인다

관광마차가 말발굽소리 내며 지나면
거리의 악사와 화가가 중세의 흔적을 이어간다

젊은이의 잔잔한 미소 정겨운 대화가
거리에 뒹굴면 유모차 속 아이는
그 날의 미소를
머금고 내일로 간다

오늘도
가로등 불빛 속에 두우모 거리는
단테 보티첼리 다빈치 미켈란젤로가

패션과 낭만 여유로
살아 숨쉬고 있다

이 맘

멀리 있어
그리운 건 별이라 하오리까
사랑이라 하오리까

곁에 두고
괴로운 건 인연이라 하오리까
애증이라 하오리까

마음이야 어딘들 멀다 하랴
니 맘 내 맘 합하오면
이 맘이야 하오리다

용정龍井에서

님 가신지 한 갑자 지난 날
그대 시비만이 홀로 서 있는 대성중학
교정에 멍하니 서보네

애환 서린 일송정 해란강
용문교에 그 날을 알 리 없는
참새들만 노닐고 있네

사래 긴 밭 그 언덕엔
만발한 하이얀 아카시아
노오란 유채꽃
떠도는 님의 원혼
달래려나

그대 민족애환 끌어안고
깜깜한 감옥에서 말없이
홀로 울분을 머금은 채 짧은 삶을
마치셨네

오십에 듣는다

속삭이듯 봄비가 내린다
어둠 속으로 내리는 봄비의 위무 속에
신록의 푸르름이 이 밤에도 더해간다
나는 오십에 봄비의 속삭임을 듣는다

이 밤에 홀로 듣는다

세상은 아름답다

세상은 아름답다
마음이 아름다우면

태초부터 세상은 아름다웁게 지어졌다
지금도 그대로 그대로 이어지고 있다
세상은 마음의 눈으로만 보여지도록

태초에 세상을 만든 이가
이렇게 말씀하셨다
"보기에 좋았다"고

2. 자연, 그 위대한 향연

목련/봄 알러지/축제/사라진 벚꽃을 그리워하다
산아 구름아 바람아/매화에서 벚꽃까지
파도/노송의 여유/봄의 향연/네잎클로버/세모의 한라산

목련

찬서리 찬바람 이겨낸
앙상한 가지 사이 사이
태고적 처녀성 보았는가

간밤에
봄바람 소복하게
다녀가셨는가
아리따운 입술
그만 열리고 말았네

신비로운 정적
한 순간에 무너졌네

봄 알러지

얼었던 시냇물 풀려 노래하고

뒷산 복사꽃 홍역처럼 피어나면

봄 알러지도 함께 온다

소생의 고통 함께하자고 한다

생명의 환희 마음껏 즐기라고

어김없이 봄 알러지도 함께 온다

축제

봄이면
포근한 햇살 사이로
하늘하늘 내리는
하아얀 나비무리
하릴없이 얼굴로 맞으며
빙글빙글 돌아보네

가을이 익어가면
보도를 노오랗게 물들이는
황금 조각들
울렁이는 가슴 안고
몰래 즈려밟고 다녀보네

아무런 값 치르지 않았건만
눈부신 축제 속에서
이 세상 살아가네

사라진 벚꽃을 그리워하다

그대가 떠나간
정원엔 정적만이 흐른다

떠나 보낸 아쉬움에
소리 없이 물어봐도
애달픔만 더하다

오늘은 빗속에 젖어
하늘거리는 진달래 바라보며
못다한 연정 보낸다

진달래 지고나면
진홍보다 붉은 4월의 홍단풍에
남은 사랑 보이리라

산아 구름아 바람아

산아 산아
울 엄마 젖가슴 같은 산아
너의 품속에 아득히 안기고 싶은 산아

구름아 구름아
배꽃같이 눈부신 구름아
너를 타고 푸른 하늘 낮달같이 흐르고 싶은

바람아 바람아
아내 입술같이 부드러운 바람아
너의 가슴속으로 촉촉히 젖어 들고 싶은

아내 입술 같은 바람아
배꽃 같은 구름아
울 엄마 젖가슴 같은 산아

매화에서 벚꽃까지

얼었던 대지에
봄기운 들면
여인의 목덜미에서부터
매화의 부드러운 애무가 시작된다

겨우내 얼고 메말랐던 여인의
가슴 속엔 끈끈한 정염

이어
선연한 분홍빛 진달래가
아래로 아래로 내려가고

잠시 후
황금 빛 개나리, 거친 숨소리에
터질 듯 터질 듯
온 몸에 돌기가 돋는다

간밤에
소리 없이 전신에 맺힌 돌기, 돌기가
제 힘에 못 이겨 터진다

화려한 정염의 절정
순간 여인은 잠시 눈이 먼다

동녘 햇살에 실려 온 바람에 벚꽃이
후루룩 지고 말면
여인은 지는 벚꽃 잎에
얼굴을 묻고
5月 붉은 장미가 필 때까지
기인 외로움을 이어가야 하리니

아롱지는 산벚꽃이 손짓해 산길로 나섰네
길가엔 홀로 핀 은방울 노랑제비
때론 복수초도 함께 해 외롭지 않았네

파도

쉼 없이
밀려오는 파도

하얗게 거품 물고
밀려와 어디론가 사라진다

애증에
사무쳐 포효하며
밀려 온다

아무런
흔적도
남기지 아니한다

하이얀 물보라 같은 것이
삶이라고 했나

순간에서
영원으로
파도는 밀려와
소리치며 부서진다

노송의 여유

벌린 팔 기장차고
몸집은 거방지네
수백 년 쌓은 위용
바위조차 압도하네

그래
나 같은 범인이사 몇이라도
거뜬히 품고도 남겠네

내 그 넉넉한 품에 안겨
재롱 한번 부려보고 싶네

봄의 향연

봄바람 만나고파
매화는 피어나고
봄바람 유혹에 목련은 미소 짓네

정열에 못 이겨서
벚꽃은 피어나고
자기열정 도취되어 벚꽃은 사라지네

네잎클로버

봄 햇살에 아롱지는 산벚꽃이 손짓해 산길로 나섰네
길가엔 홀로 핀 은방울 노랑제비
때론 복수초도 함께해 외롭지 않았네

길섶에 눈부신 봄꽃들 속에서
네잎크로바 찾노라 한참을 보내고 말았네

그렇게 헤매다 끝내 찾지 못하고 고개를 드니
해는 서산에 기울고 있었네

세모의 한라산

하이얀 눈꽃을 머리에 이고
두둥실 솜털 같은 옷을
벗었다 입었다 하루에도 수 없이 변장을 거듭하네

간간이 황홀한 자태 드러내곤
이내 수줍은 듯 숨어버리네

허리엔 양털 같은 억새풀을
휘감고 찬바람을 이기네

발자락엔 싱그러이 푸르른
양말을 신고 노오란 금방울로
자태를 뽐내보네

3. 세월 속에서

부산에 사는 재미

해운대가 있어 좋다
커피를 마시면서 커피 향에 젖어
피아노 소리를 들으면서
울리는 피아노 소리와 함께하며
비스듬히 오후의 햇살에 반짝이는
바다를 쳐다볼 수 있어 좋다

절대적 시간과 공간 속에서
이 생의 한 순간을 즐기고 있다
나의 심사도 음률도 나부끼는 깃발도
흐르고 있다

그래서 좋다
그 흐름에 나의 모든 것을 실어본다
아무런 생각도 없이 그렇게
홀로 창공을 나는 갈매기가 되어
흐르는 바람에 나의 몸과 마음을 띄워본다

그림 읽기

매화 벚꽃이 가고 도화도 가는 즈음
산천 푸르름 더해갈제
유숙 秋史 장승업의 매화며 난을 그림으로 만나보네

이 날도 내 살아가는 만일 중 한날이요
이 봄도 그 분들 난을 치며
매화와 놀았을 찬란한
봄날 중 하나일 것이거늘
그네들 가고 없네

하여도 묵으로 큰 획 그어 매화라도 남겼으니
오늘까지 살아서 그림으로 대화하네

하루

이만 구천일 중
하루가 흘러 가고 있네
나는 그냥 그 자리에 있는데
시간은 흐르고
꽃은 피고 지네

이만 구천날 중
하나가 흘러가고 있네
누군가 떠 내려가고 있네
계절은 윤회를 거듭하고
꽃은 피고 지네

만년필

함께 하고팠던
만년필을 이국 땅에서 우연히 만났다

너와 함께하는 시간이
많았으면 좋겠다

너로 인해
좋은 사람도 만나고
꽃과 들풀도 만나고
따스한 햇살도 비도 바람도 만나
정겨운 대화 나눌 수 있으면
좋겠다

때로는
하나님 말씀도
너와 함께 한다면
참 좋겠다

삶

바람의
유혹에
꽃은 피고

바람의
유혹에
꽃은 진다

그리움

오래 전
마음이 가난하여 훌쩍 떠나
홀로 걸었던 길
낙엽 쌓인 그 오솔길이 그립다

마음이 가난할 때면
이미 고인이 된 벗이
아득히 그립다

가을 햇살 내리는 바위에 멍하니 함께 앉아
누렇게 익어가는 벼 이삭을 바라보던
그 때 그 자리가 그립다

내 인생
떠날 그 때까지
서러운 너가 문득문득 그립다

연기

그건
세월이 타는 것이요
내가 타는 것이다

이즈음
여느 때와 같이
시간은
가을에서 겨울로 향해 달린다

그 사이로
낙엽 진 먼 산을 바라본다

이 맘 땐
하얀 연기가
어김없이 피어 오른다

연기
세월이 타는 것이요
내가 타는 것이다

통도사 자장암

고적한 계곡을 돌아
자장암 앞뜰에 올라보니
영겁을 이어온 듯 장엄하게
누워있는 바위 위엔
화려한 탱화 걸친 암자가 앉아 있네

날개 펼친 학마냥
잘도 생긴 소나무 바위를 벗 삼아
고고히 서 있네
암자 안 무슨 번뇌 많은 지
아낙네들 숨가쁘게 절을 하네

찰칵 찰칵

찰칵 찰칵
하루가 가네

찰칵 찰칵
새 계절이 오네

찰칵 찰칵
한 해가 가네

찰칵 찰칵
어디선가 꽃잎이 떨어지네

찰칵 찰칵
드디어 나의 차례 도적같이
찾아왔네

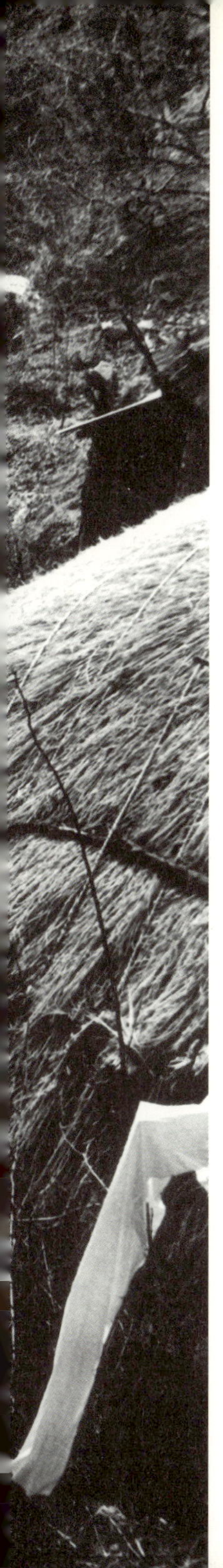

쓸려나간 삶의 흔적 더듬어 보나
그 때 그 모습
어디에서도 찾을 수 없네

흔적

1993년 무더운 여름날
두 개의 고사리 같은 손잡고 걸었던
서귀포 해변

이미 고인이 되신 외할머니와
함께했던 바닷가엔
오늘도 쉼 없이 파도는 밀려와
그 때의 발자국 지우네

서녘 하늘
붉게 물든 낙조는
오늘도 그대론데
영문도 모르게 커버린 발자국 남기며
아들은 지어미 손잡고 걷고 있네

파도소리에
찬바람에
세월의 흐름 속에

쓸려나간 삶의 흔적 더듬어 보나
그 때 그 모습
어디에서도 찾을 수 없네

오늘도
담팔수는 그 날의 낙조를
그대로 안고 서 있네

나이를 먹는다는 건

나이를 먹는다는 건

오십 고개를 넘는다는 건

곁에 두고 함께한 것을
하나씩 벗어 던지는 것이다

일년 전엔 한 꺼풀을 지구 반대편에
벗어놓고 오고
오늘은 또 한 꺼풀을 좀 가까운 거리에 벗어 놓고 왔다

바람이 불고 비가 오고 낙엽이 떨어지면
내가 벗어 던진 꺼풀들이
그리워 질 것이다
언젠간 그들이 나를 벗어놓고
돌아설 날들도 올 것이다

나이를 먹는다는 건

살아온 흔적들을
하나씩 벗어 던지는 것이다

석골사 청림산장의 여름밤

운문산 석골사
찌는 더위 식히려나
어두움 가르며 비가 내린다

석골사 끼고 돌던 계곡물
폭포마냥 세차다
다가서는 가을 기운 쫓으려나

극락전 앞뜰 때늦은 수국
떨어지는 빗방울 맞으며
부끄러워 웃고 있다

그 옛날 청운의 꿈꾸며 만났던 친구들
지천명 나이 되니
지난 세월 아쉬운가
옛 노래 가락되어 빗속을 맴도네

설악동에서

수십 년 떠난 산야
어제런 듯 말없이 앉아 있네

변한 것은 지 잘났다 조잘대는
좁쌀 같은 인간들 뿐

산허리 휘감아 도는
저 구름도 내려 보며 웃고 있네

낮은 데로 도란도란 흐르는
시냇물은 어제런 듯 반기네

한 해의 끝 자락에 서서

하루가
하나같이
생의 오가는 길목이거늘

사람이
임의로 정한
한 해의 끝과 시작이란
눈금이 무슨 의미가 있으리오

지나 온
궤적이 분명하지 않고
나아갈 궤적이
또한 그러하려 하니
답답함이 더하구려

언제
제대로 된 궤적 하나 그리고
해맑은 미소 머금으며

한해 끝자락
맞이해 보리오

봄의 내원사 계곡

봄의 내원사 계곡엔 녹음이 깊어만 가고
수 천 만년 이어온 계곡 사이로
태고적 정적 흐르네

수정같이 투명한 시냇물
몽돌과 바위
어루만지며 밀어를 속삭이네

그 시내 흘러 흘러 내일이면
양산공단 오수와 함께할 줄 모르는 채
다만 순간을 즐기고 있네

갓 피어난 버들강아지 햇살 받아 빛나고
하늘하늘 솔바람과 속삭이네

야외촬영 나온 예비부부 이곳을 찾았지만
하얀 면사포 벗는 날

이 자연 얼마나 즐기며 살아 갈런지……

괜한 걱정, 왜 하는지……

4. 오늘, 이 땅에서 살아가며

새 일터

어느새 봄이 다가와
폭죽을 터트리고 있는데
온 산이 꿈틀거리며 웅성대고 있는데
아침마다 새 단장을 하고
황홀한 쇼를 보름째 계속하고 있는데
그러나 머리속은 혼곤히 새 일터인데

황사가 가득한 먼 이국 땅
여기는
누군가 뿌려놓은
먹구름 가득 낀
새 일터라네

봄 그리고 일

갓 피어난 봄
회색 빛 하늘 아래 바람을 타고
한 방향으로 흐른다

이름 모를 새 한 마리
겨울 지난 논 그루터기 사이
분주히 헤집고 있다

이 시간 *잭 웰치는
모진 개혁을 혼자 부르짖고 있다
아무도 그 말의 의미를 모른 채
어리둥절 서로의 눈치만 살피고 있다

벚꽃의 화려한 군무는 잠시 잠깐 지나가고
녹색잎 사이로 까아만 열매가 열린다

잭 웰치는 계속 외로이 외칠 것이다

그 다음 조용한 미소를 머금은 채
소리 없이 떠나갈 것이다

*잭웰치 : 전 미국 GE의 CEO. 20세기 최고의 경영자라 일컬어짐

올해의 숫자

13000명
한반도 우리 땅에서
유사 이래 최대 기록을 세운 자살자 숫자란다

3600000명
또 하나의 기록이다
올해 이 땅의 신용불량자 숫자란다

1,530억$
정부가 자랑하는 기록적인 외환보유고 숫자란다

숫자는 말을 못해도
숫자는 울지 못해도

그것은 이 땅
오늘의 현실이요, 역사의 단면이다
나는 그 속에서 눈감고
서러운 행복의 한 해를 잘 살아왔다

용천 2004년

압록강 하류 어둠의 땅 용천
봄 날 강물 풀려 노래할 때
장군님 탄 방탄 열차 지나고 나니
이유 없이 화물열차 폭발하여
용천소학교 흔적도 없이 사라졌다
죄 없이 이유도 없이 한 마디 말도 없이
꽃다운 어린 영혼 피 흘리며 사라졌다
그 시간 위대한 지도자 장군님은
창군기념식에서 치하하며 열을 올리고 있었다

너는 누구냐
　　낯설어 하면서 여기 저기 마음가는 대로
정처 없이 떠다니는 너는 누구냐

2004년 여름

오늘은
어데로 가고 있나

도무지
한 치 앞이 보이질 않네

칠흑 같은 이 밤이
언제나 새려는가
지금이 몇 시인가
저 벽시계 태엽은 감겨 있나 모르겠네

사방을 둘러봐도
모두가 혼돈 혼돈의 도가니
中 日 美 北
興 野 靑 政

껍데기만 가득하다
공허만이 가득하다

내가 왜 이러나
내가 왜 진흙탕에 빠져
허우적거리나

낯선 땅에서 아침을

- 중국 청도에서

청도의 아침해변을
낯선 이가 거닐고 있다
이 땅도, 여기 사는 이도 어디선가 본 듯한데
말이 낯설고, 바라보는 눈빛이 낯설다

저기 해변 밖 바다는
내가 사는 곳과 맞닿아 있는데
푸른 겨울의 하늘도 연이어 맞닿아 있는데
낯선 이만 낯설어한다

상념의 순간
구서동 어느 가정집에 잠시 머물다가
어제 본 청도 악기공장 일 잘하는
청순한 소녀의 얼굴에 잠시 내려앉는다

너는 누구냐
낯설어 하면서 여기 저기 마음가는 대로
정처 없이 떠다니는 너는 누구냐

다음 세상 영원한 처소에서
오늘 만난 낯선 그들과 낯설지 않은 환한 미소
맑은 눈빛 보내며 만나려나

이 땅

지구라는 땅이 있다
거기엔 하늘이 있다
바다가 있다
강물이 흐르고 있다
바람이 불고 있다
풀이 있고 나무가 있다
그네들 잘 어울려 살아가고 있다

땅 위엔 사람이란
희귀한 동물이 살고 있다
그들 사이엔 언제나 탐심과 증오와 질투가
짙게 깔려있다
때론 사랑과 웃음도 볼 수 있다
거기엔 언제나 조정자가 필요하다
그 곳에선 조정자 또한 희귀동물이니
그것이 이 땅의 안타까움이다

아듀 2008

Ⅰ
탐욕이
무서운 줄 여태껏 몰랐으랴
무식자
욕심이야 참을 만 하다마는

수재들
탐심이니 천지를 뒤흔드네

탐욕이
죄악인 줄 이제야 알겠고냐

Ⅱ
무심한 세월이야
어김없이 저무느냐

뉴욕 발
한파는
모질게도 차갑구나

누구를 원망하랴
지구촌이 이웃인데

날씨일랑
포근히
감싸주면 좋을시고

돌아버린 지구 바로 세우기

지구가 돌아 버렸네 이 일을 어찌하랴 통곡소리 천
지를 진동하네 지구 반대편 세상의 중심이라고 떠들
던 곳 맨하탄 언제부턴가 힘 좋고 머리 좋다는 이들
모여들어 어마 무시한 금광산을 개발했다나 그래 그
래서 세상 돈 다 끌어 모은다고 소문이 이 지구 반대
편까지 퍼졌다네 그 소문 듣고 배 아파하던 이 중 용
기 있고 머리 좋은 이 더러는 소 팔고 논 팔아 그 광산
에 취업한 이들도 이웃에 있다는 이바구 들었네 그 놈
들 머리며 기술이 어찌나 좋았든지 탐심이 극에 달한
건지 너무 깊숙이 오래 파 들어가 둥근 지구 반대편까
지 뚫어 버렸다네 여하튼 그 놈들 사는 마을에 지진이
나 수많은 사람이 매몰되었다나 그제야 뚫린 구멍 메
우느라 난리 굿을 한다나 그 놈들 파먹는 기술은 있어
도 메우는 기술은 영 엉망이었는지 메우는 중 더 큰
지진이 나 지구라는 놈 공같이 둥글다나 한 바퀴 굴러
버렸네 그기에 깔려 죽은 이 얼마인지 알 수도 없고
언제까지 제자리로 돌려 놓을 수 있을지 아무도 모른
다네 이웃들 울음소리 세상을 진동하니 아 통재라 이

번엔 둥근 지구에 붙어사는 머리 좋고 힘있는 이 다
모여 '경제공조' 니 하며 머리를 맞대고 있다나 60억
지구가족 영문도 모른 채 가슴 졸이며 쳐다만 보고 있
네 이런 일은 지구가 생기고 처음이라나 오 통재라 애
닯구나 이번 일이, 이 지구 만들고 사람 만든 이가 보
낸 경고면 좋으련만 제발 저주는 아니길 바라고 빌 뿐
이네

이 세상 참 귀한 것은
모두가
그저
누린다는 것

이 땅에 사는 아픔

언제부터던가
백의민족 그 흔적 어디 가고
이 땅 이렇게 변한 것이

낯선 남의 땅에 가서 자식이라도
잘 키워보자고 떠나는 이민 줄을 잇고

남북 분단 모자라서 동서분단 만들어
그 틈새 이용하려 안달하니

그래, 그렇게 권력 잡아 잘 살아보아라
그 머리엔 독사 독보다 진한 이기심 가득 차고
그 입에론 백성 위해 나섰다 외쳐 댄다

하나 같이 치우쳤네

의약분업 한다 하니
배운 자들, 가진 자들 그다지도 모질게도 싸우더니

그 상처 아물기도 전에
건강보험 파탄이란다

소신주의 업적주의 명분주의
그 관료들 의원들 다 어디 가고
지 악에 받혀 울부짖는 서민들 울음 소리만
산천에 가득하고

높은 자린 무식도 죄가 되고
무책임도 죄인 줄 이 땅의 관료들 의원들만 몰랐던가

하나같이 치우쳤네

언제부터던가

언제부터던가
광란의 도가니 끓어 올라
넘치는 역동성 주체하지 못한 지가

툭하면 터지는 밤의 축제
길거리 넘쳐나는 피켓과 현수막

이 땅의 사람들
그 뿌리가 본래 신명이 넘치긴 했지, 그랬지
그 힘으로 여기까지 왔었지

사물놀이패 굿거리패 정월 대보름 명절의
달집을 도는 농무패 액을 쫓는 무당패
그래 그땐 우리가 하나였고 그래서 그것을 즐겼었지
오늘 그 힘으로 집단의사 표시하고 때론
정치집단과 야합하여 분열을 조장하니

이 땅 조그만 이 땅
쪼개고 또 쪼개 어이하련가?
감정이 앞서는 아메바들의 집단 린치 앞에
이 땅의 지성들 숨죽이며 숨어드니
이 땅의 앞날 어이하리

老壯 保革 동서 남북 빈부
분열 분열 분열
이 땅에 나누는 이만 있지
꿰매는 이 찾기 힘드니 어이하리

본래
역동성은 방향이 바르면 약이건만
깃발 든 이 머저리면 모두가 바다행 아니든가

아둔함

목자가 말씀에 아둔하고
경영자가 경영학에 아둔하고
장수가 병법에 아둔하고
사람들이 사랑에 아둔하고

떠나갈 때까지 이 땅 살아가며
어디서 와서
어디로 가는 줄 아둔하고

엉겅퀴가 꽃망울을 터뜨려
꽃씨를 바람에 날려
생명을 이어려는 것에

한번 견주어 볼까나

세상사

황량한 중동
모래사막 위에
전쟁의 먹구름 짙게 깔려있는 시각

어느 바닷가
모래사장 위엔 이 시각 소녀들이 한가로이
모래성을 쌓고 있다

밀라노 거리

두우모 성당의 첨탑 끝에
무엇인가 걸려 파르르 떨고 있다

수 백 년 내려온 대리석 보도블록 위엔
거지광대가 거리를 지나는 사람들에게
판토마임 연기를 하고 있다
명품을 진열한 가게 도우미는
쇼윈도우 매무새를 다듬어 보고 있다

멋진 베레모를 쓴 노신사 부부는
하늘의 햇살을 받으며 쇼 윈도우를 바라보며 회상
에 젖어든다

이쯤 첨탑을 건너온 저녁 햇살이
노신사의 머리 위에 조용히 내려앉고 있다

영취산의 봄

영취산 남녘 계곡
봄을 깨우는 물소리 청아한데

길 잃은 남정네
연분홍 꽃 보고 진달래라 하네
새 잎 나는 숲 속 어디메서 들려오는
새소리 듣고 종달새라 하네

네 어이
내면의 소리는 그다지도
듣지 못하는 귀머거리던고

5. 정작 귀한 것은

정작 귀 한 것은/너는 지금 화란에 있네/이 세상 그저/
여론/하나님 도구

정작 귀한 것은

정작
귀한 것은
말없이 빛도 없이

그렇게 그렇게
언제나 함께할 뿐

조잘대지도
출싹거리지도 아니하니

그 이름은
바람
햇살
사랑
그리고 하나님 하나님

너는 지금 화란에 있네
– 이국땅 아들을 그리며

그 날이 왔다

너의 정원에도
너가 놀던 뒤뜰에도
노오란 개나리 그 날처럼 피었네

그 때가 왔다
야곱* 같은 묘수로 간하던 그 때도 오늘처럼
브니엘 언덕엔 노오란 개나리 피었었지

봄바람에 하늘하늘 날리는 하아얀 꽃잎 속에
언뜻언뜻 너의 얼굴 보이네

야곱 같은 내 아들아 너는 지금 화란*에 있네

너의 정원에
노오란 개나리 다시 피고
하아얀 벚꽃이 함께 하는 날

사랑하는 라헬*을 만나 행복하게 살려무나

*야곱 : 구약성경 창세기 인물, 형과 아버지를 속여 장자권을 빼앗고 술수에 능했으
        나 하나님의 축복을 받은 인물
*화란 : 야곱이 형을 피해 젊은 시절을 보낸 외삼촌 라반이 살던 곳
*라헬 : 야곱이 사랑하여 고생을 하며 쟁취하여 얻은 아내, 외삼촌 라반의 딸

이 세상 그저

들길을 간다
말없이 코스모스 하늘하늘
가슴으로 저며 온다

시냇가 바위에 걸터 앉아
도란도란 흐르는
시냇물 소릴 듣는다

심지도 거두지도 아니했거늘
미안함 부끄러움 없음은
감출 수 없는
나의 본성이리니……

이 세상 참 귀한 것은
모두가
그저
누린다는 것

여론

빌라도 뜰에
모인 군중들 외치길
"예수를 십자가에 못 박으라!" 하였네

이것이 여론이라네

여론정치는
빌라도 총독에게서 낳고
여론정치의 폐해는
그 때 이미 증명되었다네

하나님 도구
– 대적자를 넘어

에서*를 넘어 라반*을 넘어
고통과 외로움을 넘어
불평등과 불합리를 넘어
이스라엘*이라 칭함을 얻었네

형제들의 질투를 넘어
버림 당함을 넘어
꿈만 꾸었던 순진한 이
시위대장* 아내의 유혹을 넘어
술 관원*의 속임을 넘어
형제와 부모의 구원함을 이루었네

완악한 바로*를 인내와 믿음으로 넘어
백성의 무지함과 원망을 넘어
동족을 구원으로 이끌어 하나님의 뜻 이루고
하나님 도구로 한 몸을 불살랐네

순진함으로 양떼들과 초원에서 노래하고

사울*의 탐욕과 무정함과 어리석음을
담대함과 순전함으로 넘어 택함을 받고
민족을 하나님께로 이끌었네

들어 씀엔 인간적 합리란 없었고
모멸과 대적자 언제나 함께했으나
순전함과 믿음으로 넘어섬은 반드시 있었네

＊에서 : 구약성경 창세기에 나오는 야곱의 형
＊라반 : 야곱의 삼촌, 야곱의 피난처이기도 했지만 야곱을 속이기도 했다.
＊이스라엘 : 야곱의 또다른 이름, 하나님이 붙여준 이름
＊시위대장 : 애굽왕실의 오늘날 경호실장 격. 요셉이 형제들에게 팔려가 살던 집
＊바로 : 구약시대 애굽(이집트)의 왕, 이스라엘 민족의 피난처이기도 했지만 모세의
　　　　출애굽을 끝까지 막으려고 한 애굽의 왕
＊술 관원 : 옛날 왕의 비서 실장 격
＊사울 : 구약 사사시대 이후 이스라엘 초대왕, 다윗왕의 대적자

부끄러움

주께서는
오래 전에 오셨나이다

주께서는
오랜 후에 보내셨나이다

처음에는 주를 보지도 못했고
듣지도 못했나이다

주께서는
이미 『말씀』으로 계셨나이다

그 때 나는 눈먼 자였고
귀먼 자였나이다

오랜 후에사
보았고 들었나이다
깨달았나이다

증인이고 싶었나이다

그 때사 이 땅 사람을 사랑하게 되었나이다

그러나 때가 얼마 남지 않았나이다
아쉬워서 울었나이다
고마워서 울었나이다

6. 백두산에 올라

설악산 가는 길/백두산에 올라/하루/인생길/
다시 찾은 캠퍼스/반오백년

설악산 가는 길

가을걷이 지난 벌판
한가로이 누워있네
짚단조차 평화로워
세상시름 잊게 하네

독야청청 소나무
계절 따라 낙엽수
그 무엇에 비길소냐
한결 같은 그 자태를

백두산에 올라

하얀 머리 신령한
우리님이여

두만 손 높이 들어
동해바다 호령하네

입술에선 사시사철
천지수 뿜어내어
한반도를 적시리니

가슴에는 사스레며
허리에는 자작일세

압록발 굳게 벌려
서해바다 다스리네

여기는 님의 땅!
신령한 정기 모아

천지를 호령하여
이 민족 하나되게 하옵시며
우리땅 만주벌판
하루빨리 회복하게 하소서

천지에서 백록까지
우리모두 한 몸 되어
땅끝까지 나아가세

하루

나무를 심는다면 여남은 그루는 심었겠지
길 따라 걸었다면 칠팔십 리 걸었겠지
독서삼매 빠졌다면 한두 명사 만났겠지

십 년 후 그 나무엔 산새들 깃을 틀고
잊고 살던 이웃 돌아보기 족한 시간
그 만남이 내 인생 바꿔놓지 말란 법 있을라고

인생길

지나온 길 계수하니
묘연하기 그지 없네
남은 길은 얼마드며
어디메로 가야 하나

산천 초목 유구하나
어제런듯 새롭고나
가는 세월 유수같네
불꽃같이 태워보세

다시 찾은 캠퍼스

녹일 듯 붉은 장미 그리움 불러내고
그 날에 뿌려놓은 아카시아 향 찾아
그 자리 찾아가서 더듬어 보노라니
옛 향기 어딜 가고 물소리만 여구하네

계곡에 놓인 바위 어젠 가 오늘인 가
그 시절 그 친구들 지금은 어딜 갔나
뿌려 논 추억일랑 흔적조차 볼 수 없네
귓가에 하얀 머리 서러워 무엇하리

반오백년

위계파당 소론벽파
수십년간 주물었네

사도세자 주검안고
정조대왕 즉위했네

충신간신 알았건만
다산가문 허물었네

반오백년 지난오늘
못난모습 배워가니

한반도의 내일일랑
염려아니되오리까

봄바람에 하늘하늘 날리는
하아얀 꽃잎 속에
언뜻언뜻 너의 얼굴 보이네

바람의 유혹 같은 인생

김 용 택 시인

바람의 유혹에

꽃은 피고

바람의 유혹에

꽃은 진다

-'삶' 전문

그렇다 우리네 인생은 그렇게 바람처럼 왔고, 그렇게 바람처럼 시작 했고, 바람처럼 살다가 또 그렇게 바람의 유혹을 따라 세상을 떠날 것이다. 생각해 보면 우리 인생은 풀잎에 부는 한 점 바람 같은 것이다. 또

가만히 생각해 보면 우리가 태어나고 자라 살다가 가는 것이 허망하고, 허무하고, 덧없다. 어느 날 문득 고개 들어 먼 바다를 보며 삶이 순간이라는 허망 앞에 속수무책일 때가 있었을 것이다. 우리들이 힘주어 두 손에 움켜쥐고 아등바등하는 짓들이 참으로 부질없음을 깨달을 때가 있는 것이다. 그렇게 삶이 허망함을 알 때 우리는 다시 삶의 엄연함과 엄숙함을 느끼는 것이다. 박장호의 글들은 그렇게 삶의 허망함과 엄숙함에서 시작 된다.

박장호의 글들은 그리 어려울 게 없다. 비비 꼬거나 비튼 글이 없다. 어려울 게 없다는 것은 그의 삶이 어려움을 모르고 산다는 것 하고는 다르다. 삶이 어렵고 힘들수록 사람들은 단순하고 쉬운 말을 찾아 답을 얻는다. 쉬운 글들은 그만큼 삶의 어려움 속에서 싹이 트는 것이다. 어둠을 통과 해 온 자만이 환한 빛을 안다. 그의 글들이 쉬운 것은 그렇게 삶을 쉽게 정리하는 오랜 정신적 훈련에서 단련된 인생의 답이다. 그의 글들은 또 어려운 말들이 없다. 어려운 글이 아님에도 글에 담긴 삶의 무게는 깊고 넓다. 그의 글은 낙관적이며 긍정적이고 희망적이다. 쉬운 글들 속에 힘이 실려 있는 것은 그가 삶을 만만치 않게 살아내고 있다는 증거다. 세상을 살아오고, 살고 있는, 그리고 살아 갈 삶의 철학이 확실하다는 것이다.

　세상사
　기쁨도
　사람에게서 오고
　절망도
　사람에게서 오나니

　사람에게서 받은 절망과 상처에
　비길 것이 또 어디 있다던가
　사람에게서 받은 희열에 비길 것이
　또 어디 있을까

　사람 사이
　버릴 수도 떠날 수도 없으니
　오롯이 잘 가꾸며 갈 수 밖에

- '사람사이' 전문

　그렇다. 우리들은 어쩔 수 없이 사람 사이에서 산다. 고통도 사람에게서 오고 절망도 사람에게서 온다. 이 피할 수 없는 삶의 관계를 우리 피할 수 없는 것이다. 그의 말마따나, 사람 사이를 아름답고 귀하게 가꾸어 갈 수 밖에 없다. 어쩌면 그 관계의 가꿈이 우리의 희망일 것이다. 견뎌야만 하는 이 운명을 그는 쉬운 말로 상처 받은 가슴을 어루만져 준다. 쉬운 말이 문제의 핵심에 가 닿아 문제를 쉽게 해결하는 것이다.

글은 삶 속에서 우러나온다. 그는 일상적인 삶 속에서 일어나는 세세한 사건이나 감정들을 간단하게 정리하는 혜안을 가지고 있다. 그는 크고 거대하고 화려한 것이 아니라, 자잘한 일상생활 속에서 삶의 기쁨과 슬픔과 행복을 찾아 우리들에게 보여준다. 그는 일상을 존중하는 것이다. 나는 부산을 좋아 한다. 부산은 연애하기 좋고 이별하기도 좋은 도시다. 박장호도 아마 이런 부산을 사랑하나 보다. 그는 어느 날 해운대에 앉아 이렇게 어느 순간을 노래한다.

그래서 좋다
그 흐름에 나의 모든 것을 실어 본다
아무런 생각도 없이 그렇게
홀로 창공을 나는 갈매기가 되어
흐르는 바람에 나의 몸과 마음을 띄워 본다

– '부산에 사는 재미' 중에서

그는 사업가다. 그가 어느 날 내가 근무하는 작은 초
등학교를 찾아 왔다. 그 후 나는 그를 잊고 지냈다. 그
러다가 지난 3월 그가 또 나타났다. 나는 그의 얼굴을
기억하지 못했다. 만나자마자 그는 서로 오래 알고 지
내는 친구처럼 나에게 살갑게 대했다. 그리고 그의 사
업 이야기를 들었다. 그는 사업가가 아니라 아침 조회
시간을 진행하는 고등학교 2학년 담임선생님 같았다.
순하고 여리고, 그리고 아주 자연스럽게 사람들을 대
했다. 그는 편한 사람이다. 그에게 금방 친근감을 느
낄 수 있었던 것은, 그가 대단히 마음을 활짝 열고 사
는 사람이라는 느낌을 주기 때문이다. 사업가들에게
서 느끼는 형식적이고 권위주의적인 죽은 격식을 그
에게서는 찾을 수 없었다. 그런 그의 인간적인 모습은
그가 손에서 책을 놓지 않고 있기 때문 일 것이다. 그
는 몸에서도 문기가 흐른다. 문학을 통해 세상을 아름
답게 디자인하는 기업가들이 세상엔 흔치 않다. 문학
은 심약한 아이들의 놀이가 아니다. 문학이야 말로 세
상을 가장 섬세하게 읽어내는 아름다운 힘이다. 문학
과 예술의 향기가 있는 삶은 그 격조가 다르다. 전문
서적뿐 아니라, 문학과 예술서적이 가득한 기업가의
방을 나는 상상하곤 했다. 아마 그가 그러리라. 그는
또 그림에도 일가견이 있어 보였다. 시와 그림과 글씨

와 문학과 역사와 철학이 있는 삶은, 삶의 최고 가치
를 추구한다.

　매화 벚꽃이 가고 도화가 가는 즈음
　산천 푸름 더 해 갈 제
　유숙 추사 장승업의 매화며 난을 그림으로 만나네

　이날도 내 살아가는 만 일 중 한 날이요
　이 봄도 그 분들 난을 치며
　매화와 놀았던 찬란한
　봄 날 중 하나일 것이거늘
　그네들 가고 없네

　하여도 묵으로 큰 획 그어 매화라도 남겼으니
　오늘까지 살아서 그림으로 대화하네

－'그림 읽기' 전문

　추사나 장승업이나 유숙은 갔으나 그들의 흔적은
남아 후세 사람들의 가슴을 후련하게 쓸어내린다. 예
술을 사랑하는 그의 남다른 삶은 풍요와 자유 그것이
다. 자유란 현실을 떠나 떠도는 것이 아니라 자기의
삶을 풍요롭게 가꾸어주는 현실적인 삶의 양분이 된

다. 사람들은 예술의 향기를 구가하는 일을 한가한 사
람들의 음풍농월쯤으로 생각하는 것이다. 예술은 자
연에서 온다. 우리가 사는 세상의 모든 표현들은 다
자연에서 읽어 낸 것들이다. 자연은 우리들에게 무궁
무진한 삶의 지혜와 생명력을 불어 넣어 준다. 자연에
서 가져온 예술의 향기가 아름다운 것은 생명력 때문
이다. 예술이 그렇게 삶을 생명력 넘치게 하는 것이
다. 감동을 주는 것이다.

그는 여리다. 그의 정서는 풀잎에 바람에 바다 끝에
닿아 물든다. 세상을 향한 그의 섬세한 촉수는 바다
끝에 가 닿아 있다. 그리움 인 것이다. 그리움이 없는
사람은 마음이 가난한 사람이다. 그리움이 없는 사람
은 쉴 곳이 없는 사람이다. 그리움이 없는데 어찌 사
랑이 있겠는가.

마음이 가난할 땐
떠나간 그 사람이
그리워진다

들녘이 노랗게 물들어
물결 칠 때면

그 사람이 그리워진다

가을바람에
억새 풀 한들거릴 때

사람 냄새가 나는
그 사람이 그리워진다

이 가을
마른 풀잎 냄새 나는
들녘에 서면
그리운 사람이 그리워진다

- '그리움의 향기' 전문

　　나는 그가 매우 낙천적인 삶의 태도를 갖고 있다고
생각한다. 인생에 대한 낙천성은 낙관으로 이어지고
달관으로 이어진다. 부드럽고도 섬세한 그의 일상은
그를 깊은 서정의 세계로 이끈다. 글은 그 사람이 어
떻게 살고 있는 가를 가늠하게 한다. 글이 사람 속에
서 나옴으로 글은 그 사람의 얼굴이다. 나는 그의 많
은 글들 중에서 아래 시를 좋아한다. 그의 삶이, 그의
현재가, 그의 모든 인간됨이 이 글 속에 담겨 있다.

속삭이듯 봄비가 내린다
어둠 속으로 내리는 봄비의 위무 속에
신록의 푸르름이 이 밤에도 더해간다
나는 오십에 봄비의 속삭임을 듣는다

이 밤에 홀로 듣는다

- '오십에 듣는다' 전문

　나이 오십에, 세상 만물을 깨워 일으키는 봄비를 듣고 있는 이 사내의 삶이 어찌 빛나지 않겠는가. 그런 시간을, 그런 삶의 여유를, 그런 인생의 의미를, 이 봄밤을 그대들의 것으로 만들어보라. 바람의 유혹, 꽃의 유혹, 속삭이는 봄비의 유혹이 손에 잡힐 듯하다.